AF559805

पाँच चोर

पाँच चोर

नीइमी नानकिचि

अनुवाद और चयन

उनीता सच्चिदानन्द

राजकमल प्रकाशन

ISBN : 978-81-267-0612-9

मूल्य : ₹495

पहला संस्करण : 2002
पहली आवृत्ति : 2023
This book is printed on **Print on Demand** Technology : 2025

प्रकाशक : राजकमल प्रकाशन प्रा.लि.
1-बी, नेताजी सुभाष मार्ग, दरियागंज
नई दिल्ली-110 002

शाखाएँ : अशोक राजपथ, साइंस कॉलेज के सामने, पटना-800 006
पहली मंजिल, दरबारी बिल्डिंग, महात्मा गांधी मार्ग, प्रयागराज-211 001
1, अनमोल सोराबजी संतुक लेन, धोबी तलाव, मरीन लाइंस, मुम्बई-400 002
वेबसाइट : www.rajkamalprakashan.com
ई-मेल : info@rajkamalprakashan.com

PAANCH CHOR
Selected & Translated by Unita Sachidanand

प्रिय वरुणी व सोहम
के लिए

दो शब्द

भारत और जापान के राजनयिक सम्बन्ध की इस स्वर्ण जयन्ती वर्ष में जापानी लोक साहित्य, बाल तथा आधुनिक साहित्य की इस शृंखला को भारतीय पाठकों को समर्पित करते हुए मुझे अपार हर्ष हो रहा है। इस शृंखला में 12 पुस्तकें प्रकाशित हो रही हैं। इनमें से दो पुस्तकें जापानी लोक कथाओं और तीन जापान के विशिष्ट बाल कथाकारों की चुनिंदा रचनाओं से सम्बन्ध रखती हैं।

इन पुस्तकों में मैंने नीइमी नानकिचि, हामादा हिरोसुके, त्सुबोता जोजी, मुशानोकोजी सानेआत्सु, ओगावा मिमेई और शिमाजाकी तोसोन जैसे दिग्गजों की रचनाओं को सम्मिलित किया है। दो और पुस्तकें अग्रणी समकालीन कथाकार ओका शूजो की बहुचर्चित पुस्तक 'बोकु नो ओनेसान' का अनुवाद है जिसे मैंने जापान की श्रीमती योशिको ओकागुची के साथ मिलकर सम्पन्न किया है।

आधुनिक एवं समकालीन जापानी साहित्य का अवलोकन अन्य पाँच संकलनों में आयोजित करने की चेष्टा की गई है। इनमें जहाँ कावाबाता यासुनारी की 'हथेली-भर कहानियाँ' हैं वहीं मियाजावा केन्जी, आवा नावाको और ओगावा मिमेई की फंतासी, आकुतागावा र्‌यूनोसुके का व्यंग्य, शिगा नाओया, आरिशिमा ताकेओ व मात्सुतानी मियोको की भावपूर्ण संवेदनात्मक रचनाएँ भी हैं।

जापान के आर्थिक और सामाजिक विकास की यात्रा, द्वितीय विश्व महायुद्ध के विध्वंसक परिणामों तथा पूँजीवादी प्रौद्योगिकीकरण से प्रभावित सामाजिक और आर्थिक हलचलों को संबोधित करते आबे कोबो, साता इनेको तथा हायाशी फुमिको की रचनाएँ एक अलग ही पहलू से हमारा साक्षात्कार कराएँगी। बारहवीं पुस्तक आधुनिक जापानी साहित्य और साहित्यकारों से भारतीय पाठकों का परिचय कराएँगी। उम्मीद है कि इन पुस्तकों के जरिए जापानी साहित्य की एक लघु यात्रा पाठकों को पसंद आएगी। पिछले पाँच वर्षों से मैं इस कार्य के सम्पादन में प्रयत्नशील रही हूँ। इस कोशिश में मेरा

हौसला बढ़ाते और हर पल सहयोग करते मेरे कई मित्रों का महत्त्वपूर्ण योगदान रहा है।

सर्वप्रथम मैं भारत में जापान के राजदूत श्री हिरोशी हीराबायाशी के प्रति अपना आभार प्रकट करना चाहती हूँ जिन्होंने इस कार्य के लिए मुझे प्रोत्साहित किया। जापान की संस्कृति व सूचना केन्द्र के निदेशक श्री मिनेमुरा, राजदूत के विशिष्ट अधिकारी कु. हिरोमी सातो और श्री शिनसुके जो स्वयं बखूबी हिन्दी भाषा और साहित्य की अच्छी जानकारी रखते हैं; जापान फाउण्डेशन के निदेशक श्री फुकाज़ावा एवं उपनिदेशक कोजी सातो का मैं धन्यवाद करना चाहूँगी जिनका सहयोग मुझे लगातार मिलता रहा।

इन पुस्तकों की पाण्डुलिपि की तैयारी के दौरान राजकमल प्रकाशन के श्री उपेन्द्र झा, श्री चेतन क्रान्ति, श्री नरेश कुमार शर्मा, श्री तपस सरकार, आकांक्षा कम्प्यूटर के श्री नारायण एवं जवाहरलाल नेहरू विश्वविद्यालय के पूर्व एशियाई अध्ययन केन्द्र के शोधछात्र श्री संदीप कु. मिश्र से मिला योगदान अविस्मरणीय है। लेकिन इस यात्रा में राजकमल प्रकाशन के निदेशक श्री अशोक कुमार महेश्वरी का एक अभूतपूर्व योगदान है जिसकी वजह से मेरी मेहनत सफल हो पाई है।

अंत में, मैं अपने पति डा. सच्चिदानन्द सिन्हा, पुत्री वरुणी और पुत्र सोहम के प्रति अपना आभार प्रकट करना चाहूँगी, जिन्होंने विगत पाँच वर्षों के दौरान मुझे न सिर्फ उपयुक्त माहौल प्रदान किया बल्कि घर-परिवार की जिम्मेदारी में मेरा हाथ बँटाया। उनके धैर्य के अनन्त भण्डार के बगैर यह कार्य मैं कदापित संपादि नहीं कर पाती।

उनीता सच्चिदानन्द

चीनी व जापानी अध्ययन विभाग

दिल्ली विश्वविद्यालय

दिल्ली

FOREWORD

Inquisitiveness has always been a basic human trait, with mankind constantly seeking to learn more and more about other civilizations and cultures. Each nation has its own unique culture and way of living, about which people in other countries are always curious to know. Literature is the medium that provides a window to other societies, by helping us to understand their thoughts and aspirations. But, sometimes difference in language acts as a barrier in this task. It is here that the significance of literary translations comes to the fore. Literary translations have performed an important role of promoting global cultural interaction since times immemorial, and will continue to do so in the future as well.

The year 2002 make the 50th anniversary of diplomatic relations between Japan and India, which were established in April 1952. These fifty years have seen our relationship grow into a multi-dimensional one, covering a diverse range of areas such as political, economic, defence, art and culture, etc. Today, the ties between Japan and India are deeper and larger than ever before, based on mutual understanding and respect for each other. While the past fifty years have been positive and productive, we would like the next fifty years to be more so, and look forward to fruitful and close relations between our two peoples in the coming decades.

Dr. Unita Sachidanand has played a significant role in the promotion of mutual understanding between the people of our two countries. Having dedicated herself to the cause of strengthening the ties between our two countries through mutual appreciation of literature, she has once again undertaken the commendable initiative of introducing Japanese literature to Indian readers in Hindi. In 1998, she has brought out three volumes of translated Japanese literature. This time, she brings out a set of twelve tiles to commemorate the Golden Jubilee of Japan-India Diplomatic Relations. These books cover a wide variety of Japanese literary genre — from folk tales to modern fantasies, satire, children's stories, and mainstream literature written by some of the finest Japanese writers of all times. She also records two narratives presented by the *katari*, be the tradition Japanese storytellers.

Her selection is truly impressive and covers a wide spectrum of Japanese literature. In her collection, she has picked up representative stores from different periods in such a manner that they take the reader through a comprehensive literary journey of Japan. The first book contains some of the everlasting folk tales representing legends, myths and beliefs of Japan. These have been retold by the author in an absorbing style that would be liked by readers of all ages. The next three books carry an assortment of children's sotries specially written by some of the greatest literary craftsmen of Japan, such as Niimi Nankichi, Hamada Hirosuke, Shimazaki Toson, Mushanokoji Saneastsu, Tsubota Joji and Matsutani Miyoko. Though most of these authors belong to the mainstream of Japanese literature, the present selection includes those stores that these great writers have crafted specially for children. Japanese children virtually grow up with these stories, as some of these also find a place in most school textbooks in Japan.

I am particularly touched by the six stories by one of the contemporary Japanese authors, Oka Shuzo, profiling the life of the mentally and physically challenged persons. The compassion presented in these stories is a befitting tribute to the cause of such differently gifted persons. This book has received several awards such as the Akai Tori Award, Niimi Nankichi Award and Tsubota Joji Award, and has also been produced as a motion picture. This book is being brought out by Dr. Sachidanand in collaboration with Ms. Yoshiko Okaguchi of Japan, highlighting the need for such collaborative initiatives in this Golden Jubilee Year of Japan-India Friendship.

The collections included in two of the twelve titles have been largely devoted to fantasies created by Ogawa Mimei, Miyazawa Kenji and Awa Naoko. Four of the titles represent mainstream Japanese literature immaculately selected from the writings of influential authors such as Shiga Naoya, Akutagawa Ryunosuke, Arishima Takeo, Sata Ineko, Abe Kobo, Hayashi Fumiko, Matsutani Miyoko and last but not the least, an interesting collection of what is often referred to as the 'palm-sized stories' of Kawabata Yasunari, the first Japanese Noble laureate in literature. This volume of Kawabata's short stories has been translated by the students of Japanese literature in the University of Delhi, where Dr. Sachidanand teaches. I find it truly heart-warming that the translators and the editor have dedicated these stories to the long life of Japan-India Friendship in the true spirit and character of the 'palm-sized stories'. I congratulate the young scholars of Japanese language and literature for their commendable gesture.

In order to help the Indian readers appreciate the collection presented in these multi-volume anthologies of Japanese literature, Dr. Sachidanand aptly adds the twelfth one, which presents a lucid and comprehensive history of modern Japanese literature and its notable contributors. It is praiseworthy to note that the author traverses the entire gamut of Japanese literature from the Meiji period onwards, covering the contemporary trends in Japanese literature as well. She devotes a separate chapter highlighting the contribution of women authors in Japan.

I have great appreciation and admiration for all the efforts taken by Dr. Unita Sachidanand in preparation of these books, and would like to congratulate her and the publisher, Rajkamal Prakashan, for accomplishing such a magnificent task in this Golden Jubilee Year of Japan-India Diplomatic Relationship. I wish the author and the publisher an outstanding success in their current as well as future endeavours.

Hiroshi Hirabayashi
Ambassador of Japan to India

क्रम

नीइमी नानकिचि

(1913-1943)

हिन्दुस्तान के बच्चों का पहली बार नीइमी नानकिचि के बाल-साहित्य से परिचय हो रहा है। मैं बहुत खुश हूँ। खासतौर पर 'गौन-गित्सुने' एवं 'तेबुकुरो ओ काइ नी' जापान के बच्चों की बहुत पसंदीदा कहानियाँ हैं।

डा. उनीता सच्चिदानन्द द्वारा चुनी एवं अनूदित अन्य दो कहानियाँ 'हाना नो किमुरा तो नुसुबितो ताची' और 'ओजीसान नो राम्पु' भी नीइमी नानकिचि की प्रतिनिधि कहानियाँ हैं, जो मैंने इस वक्त हिन्दुस्तान में रहते हुए, काफी अन्तराल के बाद दुबारा पढ़ीं। मैंने ये कहानियाँ एक झटके से पढ़ डालीं, और मधुर यादों में खो गई।

बारिश के बाद की सोंधी खुशबू, तेज धूप, चिड़ियों का चहचहाना, टहनियों को हिलाती गिलहरियाँ, फूलों के बिखराव की ध्वनि, मस्ती से चलती गायें, दिल्ली की जिन्दगी, नीइमी नानकिचि के संसार की याद दिलाती हैं। यहाँ प्रकृति की प्रचुरता घर की याद दिलाती हैं। बीच सड़क पर तेज गाड़ियों के साथ अपनी ही रफ्तार में चलती हैं गायें। बन्दर ऑफिस-लॉन में बड़े इत्मीनान से बाल सँवारते हैं, तोतों के झुण्ड और चीलों का आसमान में उड़ना, शहर के शोरगुल को धूमिल कर देने वाली भरपूर प्रकृति है यहाँ।

लोमड़ी, कुत्ता, गाय, घोंघा एवं गाँव। नानकिचि की झलकियाँ, बस, बिलकुल पास ही महसूस होती हैं।

जापान में जिन जानवारों को देखना भी दुर्लभ हो गया है वे सभी, IT के इस देश में आज भी जिन्दा हैं।

मधुर-स्मृति केवल प्रकृति की प्रचुरता से ही नहीं होती।

हिन्दुस्तान में जिन्दगी एवं मौत बिलकुल पास है। धर्म का लोगों की जिन्दगी से काफी गहरा सम्बन्ध है। पारिवारिक रिश्ते काफी मजबूत हैं। संस्कार एवं

श्राद्ध भी अच्छी तरह निभाए जाते हैं। जिन्दगी से जिन्दगी का सम्बन्ध, मौत के कारण बिछुड़ना आदि से बचपन से ही महसूस करते हुए बच्चे बड़े होते हैं।

नानकिचि जब जिन्दा थे, लोगों के जीवन पर बौद्ध-धर्म की विचारधारा का काफी प्रभाव रहा। अभी चार वर्ष के ही थे कि इनकी माँ का देहान्त हो गया। ये केवल 29 वर्ष ही जिन्दा रह पाए। नानकिचि हमेशा मौत के खौफ से घिरे रहते थे।

इनके पारिवारिक सम्बन्ध भी बड़े पेचीदा थे। माँ के मरने के बाद इनको माँ की सौतेली माँ के घरवालों ने गोद ले लिया, जिससे इनका नाम नीइमी पड़ गया। जिन्दगी में माँ के अभाव के कारण ही इनकी रचनाओं में शोक, करुणा, परित्याग एवं न्यायपसन्द भावनाएँ झलकती हैं।

दिल्ली की सड़कों में लोगों की कड़ी एवं दृढ़ जिन्दगी का अहसास होता है। पथरीली दीवार से सटी नाई की दुकान। तरह-तरह के फेरीवाले। चारों ओर जी-जान से मेहनत कर जीवन-बसर करते दिखते जन-साधारण। आम जनता की संवेदनाएँ नानकिचि की रचनाओं में देखने को मिलती हैं। लोगों के प्रति उनकी सहज सद्भावना झलकती है। शायद यह भी एक कारण रहा होगा कि मैं मधुर यादों में अत्यधिक खो गई।

नीइमी नानकिचि ने बच्चों के लिए अपना पहला संग्रह 'ओजीइसान नो राम्पु' नाम से 1942 में ठीक अपनी मृत्यु से छः महीने पहले छपवाया। 'गौन गित्सुने' और 'तेबुकुरो ओ काइ नी' तब छपीं जब ये लगभग बीस वर्ष के थे। 'हाना नो किमुरा नो नुसुबितो ताची' एवं 'ओजीइसान नो राम्पु' इनके अन्तिम दिनों की रचनाएँ हैं।

इनकी सृजनात्मक जिन्दगी की शुरुआत कराने का श्रेय सुजुकी मियेकिचि की बाल पत्रिका 'आकाइ तोरी' को जाता है। इनकी कहानियों के नायक बच्चे तो हैं ही परन्तु जिन्दगी के अन्तिम दिनों में 'हाना नो किमुरा नो नुसुबितो ताची' एवं 'ओजीइसान नो राम्पु' जैसी रचनाओं में इन्होंने वयस्क और बुजुर्ग भी शामिल किए।

सिर्फ दस साल के दरम्यान जब युद्ध के काले बादल मँडरा रहे थे, इन्होंने बच्चों के लिए अनेक गीत, कहानियाँ, कविताएँ, नाटक लिखे। अपनी सभी रचनाओं के तहत इन्होंने मनुष्य की सद्भावना एवं संवेदनाओं पर जोर दिया।

नीइमी नानकिचि की कृतियों द्वारा मधुर स्मृति का एहसास शायद इसलिए भी होता है, क्योंकि हरेक मनुष्य के हृदय में भावनाओं की पुनरावृति की

कामना तो जरूर समाई रहती है।

नीइमी नानकिचि की ये प्रतिनिधि रचनाएँ, जो मियाजावा केन्जी की तुलना में किसी भी तरह कम नहीं, मैं उम्मीद करती हूँ कि भारतीय बच्चों को जरूर पसन्द आएँगी।

शुभकामनाओं के साथ,

15 सितम्बर, 2002

तोशिको मियाची
जापानी बाल साहित्यकार व गेस्ट प्रोफेसर
चीनी व जापानी अध्ययन विभाग
दिल्ली विश्वविद्यालय, दिल्ली-110007

पाँच चोर

मूल शीर्षक : हानानोकी मुरा तो नुसुबितो ताची, 1933

स्रोत : शोनेन शोजो निहोन बुन गाकुकान :

कोदांशा, तोक्यो

बहुत समय पहले की बात है, जब हानानोकी गाँव को चोरों के एक दल ने अपना निशाना बनाया था। बसंत का मौसम था। चीड़ के पेड़ों के लहलहाने की आवाज और बाँस के कोमल पत्तों के खरखराने के स्वर आसमान में गूँज रहे थे। हरे-भरे मैदान में कुछ बच्चे खेल रहे थे और साथ में गायें भी इस मौसम का आनन्द उठा रही थीं। कुल मिलाकर यह गाँव खुशहाल और शान्त लोगों का लगता था। चोरों को यह भाँपने में देर न लगी कि इस गाँव के निवासी काफी धन-दौलत वाले हैं। वे ऐसी जगह आकर अपने-आपको खुशकिस्मत समझ रहे थे।

गाँव के नजदीक पहुँचने के बाद चोरों का सरदार एक पेड़ के पास आकर रुक गया और दल के सदस्यों से बोला:

"तुम लोग गाँव की अच्छी तरह छानबीन करके आओ। तब तक मैं यहाँ बैठकर तुम्हारा इन्तजार करता हूँ। क्योंकि तुम लोग अभी नौसिखिए हो, इसलिए जरा सँभलकर रहना। अगर कोई धन-दौलत वाला घर नजर आए तो यह जरूर पता कर लेना कि उस घर में किस तरह घुसा जा सकता है। क्या खिड़कियाँ-दरवाजे तोड़कर घुसे जा सकते हैं या दीवार फाँदकर? हाँ, एक बात और, यह जरूर देख लेना कि उस घर में कहीं कुत्ते न हों।" सरदार बोला, "सुन रहे हो न, कामायेमोन?"

"हाँ।" कामायेमोन बोला।

कामायेमोन, अभी कल तक बर्तन बना, उन्हें गाँव-गाँव घूमकर बेचा करता था।

"तुम भी सुन रहे हो न, एबीनोजो?" सरदार ने दूसरे की ओर मुड़ते हुए पूछा।

"हाँ।" एबीनोजो ने भी जवाब दिया।

एबीनोजो लोगों के घरों एवं तिजोरियों के ताले बनाकर बेचता था।

"क्यों, ठीक से समझ गए न काकुबे?"

"हाँ।" काकुबे ने सिर झुकाते हुए बोला।

काकुबे एचिगो प्रांत से कल ही आकर इस दल का

सदस्य बना था। एचिगो में वह शेर का मुखौटा पहनकर तरह-तरह के करतब दिखाता था। उसके करतब से खुश होकर लोग उसे थोड़ा-बहुत पैसा दे देते थे।

आखिर में कानतारो से पूछे जाने पर उसने भी जवाब दिया, "हाँ, समझ गया।"

कानतारो एदो प्रांत से आया था और बढ़ई का बेटा था। अब तक वह लोगों के घरों के दरवाजे एवं खिड़कियाँ बनाने का काम कर रहा था।

इस तरह चोरों के सरदार ने एक-एक से पुष्टि कर ली कि गाँव जाकर उन्हें क्या काम करना है।

वह इत्मीनान से बोला, "अच्छा, अब तुम लोग गाँव जाओ और जैसा मैंने कहा है, ठीक वैसा ही करो। मैं यहाँ पर बैठ तुम लोगों के लौट आने का इन्तजार करता हूँ।"

कामायेमोन ने बर्तन बनाने वाले का रूप धारण किया और एबीनोजो ने ताले बनाने वाले का। काकुबे ने शेर-नृत्य में बजने वाली एक मधुर बाँसुरी की धुन निकाली और कानतारो एक बार फिर बढ़ई बना। इस तरह नये-नये चोर बने ये चारों अपने पुराने व्यवसाय वाला भेस बनाकर गाँव पहुँचे।

शिष्यों के जाने के बाद सरदार ने सिगरेट सुलगाई और चैन की साँस लेते हुए बुदबुदाया, "इतने सालों से अब तक मैं अकेला ही चोरी करता आया हूँ। आज पहली बार मुझे सरदार बनने का मौका मिला है। सचमुच चोरों का

सरदार बनना कितना आरामदेह काम है!"

सरदार को देखने से ही लगता था कि वह एक माहिर चोर है। चोरी करने में इतने सालों का कड़ा परिश्रम उसके चेहरे से ही झलकता था।

थोड़ी देर बाद कामायेमोन हाँफते-हाँफते वहाँ पहुँचा। वह जोर-जोर से सरदार को पुकारते हुए बोला, "उस्ताद, सचमुच यह गाँव तो बहुत अमीर लोगों का है। बहुत बड़ा भी है, और वह भी बहुत बड़ा था!"

"आखिर बताओ भी तो क्या बड़ा था?" सरदार ने खीजकर पूछा।

"घर! घर बहुत बड़ा था! आँगन में पतीला भी बहुत बड़ा और भारी था। पास के मन्दिर का घंटा भी इतना बड़ा था कि उसे गलाने से कम-से-कम पचास-साठ केतलियाँ बन सकती हैं। सचमुच, मुझे पूरा विश्वास है। अगर यकीन न हो तो मैं बनाकर दिखा सकता हूँ।"

सरदार कामायेमोन की बातें सुन आगबबूला हो बोला, "क्या बेवकूफी की बातें कर रहे हो! तुम आखिर रहे तो लुहार के लुहार। तुम्हें पतीले और घंटियाँ देखने थोड़े ही भेजा था! और हाँ, यह क्या है? तुम्हारे हाथ में बिना पेंदी का पतीला!"

कामायेमोन थर-थर काँपते हुए बोला, "माफ करना सरदार! मैं थोड़ी देर के लिए भूल गया था कि मैं चोर हूँ। यह टूटा पतीला एक घर के आँगन में देखा तो मैंने

घर की मालिकिन से कहा कि मैं इसकी पेंदी बनाकर लाता हूँ। इसके एवज में वह मुझे थोड़ा पैसा दे देगी। इसलिए मैं इसे यहाँ लेता आया।"

"बेवकूफ! सचमुच तुम निरे बुद्धू निकले। अरे भई, तुम चोर हो। जाओ, एक बार फिर से गाँव का हूलिया पता करके आओ।" सरदार ने डाँटते हुए कामायेमोन को आदेश दिया।

कुछ क्षण बाद ही सरदार ने देखा, एबीनोजो मुँह लटकाए लौट रहा था। सरदार ने पूछा, "क्यों, क्या हुआ? कुछ अच्छी खबर नहीं है क्या?"

"उस्ताद, इस गाँव में तो मुझे किसी दरवाजे पर ताले नहीं दिखे। हर जगह केवल चाबी घुमाने से दरवाजे खुल सकते हैं, जो कि बच्चे भी कर सकते हैं। मैं यह सोचकर निराश हूँ कि मेरा व्यवसाय इस गाँव में नहीं चलेगा।" एबीनोजो ने दुखी भाव से अपनी बात खत्म की।

"क्यों, तुम भी भूल गए कि तुम्हारा नया व्यवसाय क्या है? तुम अब ताले बनाने वाले नहीं, बल्कि एक चोर हो। मेरे खयाल से चोर के लिए तो यह सबसे अच्छा गाँव है। दरवाजे, तिजोरियों में बच्चों के खोलने लायक ताले लगे हैं, हमारे लिए इससे अच्छी बात क्या हो सकती है! जाओ, तुम भी एक बार फिर से गाँव की जाँच-पड़ताल करके आओ।" सरदार ने एबीनोजो को भी दुबारा गाँव में जाने का आदेश दिया।

तीसरे नंबर पर काकुबे वापस आया। दूर से बाँसुरी बजाता हुआ उछल-उछलकर सरदार के पास पहुँचा ही था कि सरदार ने उसे जोर से डाँट पिलाई, "तुम्हें मालूम नहीं, चोर की पहली निशानी? एक चोर शोर करते हुए कभी नहीं आता और एक तुम हो कि बाँसुरी बजाते, ऊधम-चौकड़ी मचाते आ रहे हो! अच्छा, अब बताओ, तुम क्या देखकर आए?"

"नदी के साथ-साथ जब मैं गाँव पहुँचा तो मैंने एक खूबसूरत-सा घर देखा। उसके आँगन में फूल खिले थे।"

"हाँ, उसके बाद?"

"घर के छज्जे के नीचे एक बूढ़ा बैठा था। उसके सिर के बाल, दाढ़ी, मूँछ सब सफेद हो चले थे।"

"तो क्या तुम्हें उस बूढ़े की छुपाई हुई खजाने की पोटली मिली?"

"नहीं, वह बूढ़ा बाँसुरी बजा रहा था।"

"बेवकूफ!"

"वैसे तो बाँसुरी देखने में इतनी अच्छी नहीं थी, लेकिन इतनी सुरीली धुन मैंने जिन्दगी में पहली बार सुनी। मैं धुन सुनते-सुनते मग्न हो गया। मुझे इतना ध्यानमग्न हो बाँसुरी सुनते देख बूढ़े का चेहरा खिल उठा और उसने मुझे तीन लम्बी धुनें सुनाईं।"

"उसके बाद?"

"जब मैंने बाँसुरी की तारीफ़ की, तो बूढ़े ने मुझे उस

जंगल का पता बताया, जहाँ के बाँस से वह बाँसुरी बनी थी। मैं दौड़कर बाँस के जंगल पहुँचा। क्या घना जंगल था! हजारों-लाखों मजबूत बाँस आसमान को छू रहे थे।"

"सुना है, बहुत पहले बाँस के जंगलों पर सोने की रोशनी चमकी थी। क्या बाँसों से कुछ सोने की मोहरें गिरीं?" सरदार ने व्याकुलता से पूछा।

काकुबे, सरदार की बात अनसुनी कर आगे बोला, "उसके बाद मैं नदी के साथ-साथ चलता गया। काफी दूर जाने के बाद एक मन्दिर दिखा। मन्दिर के आँगन में लोगों की अँधाधुँध भीड़ थी। लोग बुद्ध की मूर्ति पर चढ़ावा चढ़ा रहे थे। मैंने भी भगवान के आगे माथा टेका और खूब प्रसाद खाया। देखो, थोड़ा मैं तुम्हारे लिए भी लेता आया हूँ।"

"अरे, कैसे चोर से पाला पड़ा! भीड़ के बीच में कितना अच्छा मौका मिला था कि तुम लोगों की जेबों में हाथ डालते। जाओ, एक बार फिर जाकर देखो कि हम कहाँ और कैसे चोरी कर सकते हैं! अबकी बार ठीक से काम न किया तो तुम्हारी खैर नहीं।" सरदार ने डाँटते हुए कहा।

तभी कानतारो भी वहाँ लौट आया। सरदार ने कानतारो की बात सुने बगैर ही बोलना शुरू किया, "हाँ, मुझे मालूम है, काम की चीज तुम भी देखकर नहीं आए।"

"नहीं-नहीं, उस्ताद, गाँव में अमीर लोगों को देखकर

आया हूँ।"

'अमीर' शब्द कान में पड़ते ही सरदार ने कानतारो की बातों में रुचि लेनी शुरू की। उसने पलटकर पूछा, "अमीर!"

"हाँ-हाँ, अमीर! बहुत ही भव्य मकान था!"

"फिर?"

"उस भव्य मकान की छत पर पहुँचा तो मैंने देखा, सिर्फ एक देवदार के तख्त से पूरी छत बनी थी। मैं तो देखते ही दंग रह गया। मैंने सोचा, घर जाकर पिताजी को यह खबर दूँगा तो वह भी बहुत हैरान होंगे।"

"मुझे तो इसमें हैरानी की कोई बात नजर नहीं आती, तो क्या तुम्हारा उस छत को ही उखाड़ लाने का इरादा है?" सरदार ने व्यंग्यात्मक ढंग से बोला।

यह सुन कानतारो को अपनी गलती का एहसास हो गया कि चोर के शिष्य होने के नाते उसने कोई बड़ी बात नहीं की थी। शर्म से उसने गर्दन झुका ली।

सरदार ने कानतारो को भी अच्छी तरह गाँव को देखने के लिए वापस लौटा दिया।

अपने शिष्यों की बेवकूफी पर माथा पकड़ बैठा सरदार मन-ही-मन कहने लगा, 'चोरों का सरदार बनना भी इतना आसान काम नहीं है!'

तभी अचानक सरदार ने दस-बारह बच्चों को 'चोर-चोर' चिल्लाते भागते देखा।

बच्चों के मुँख से ये शब्द सुन सरदार भयभीत हो अपने को छिपाने की जगह तलाशने लगा; परन्तु यह क्या! बच्चे ये शब्द कहते-कहते दूसरी ओर भाग निकले। चोरों के सरदार को यह समझते देर न लगी कि वे तो चोर-सिपाही का खेल खेल रहे थे। उसे अपने ऊपर हँसी आई, फिर वहीं घास पर बैठ वह सिगरेट पीने लगा।

तभी किसी ने उसे पुकारा, "बूढ़े बाबा, बूढ़े बाबा!"

सरदार ने पीछे पलटकर देखा, एक सात-आठ साल का बच्चा गाय के बछड़े को रस्सी से पकड़े खड़ा था। उस बच्चे ने पुआल की चप्पल पहनी थी।

बच्चा सरदार के पास आया और बोला, "बाबा, इस गाय को पकड़ो।"

अभी सरदार कुछ बोलने ही जा रहा था कि बच्चे ने गाय की रस्सी उसे पकड़ाई और उधर फुर्ती से दौड़ता चला गया, जिधर और बच्चे गए थे।

रस्सी हाथ में पकड़े सरदार को अपनी बेबसी पर हँसी आ गई। वह कभी रस्सी को देखता, तो कभी गाय के बछड़े को। गाय के बछड़े को देख वह थोड़ा हैरान भी हुआ।

वह सोचने लगा – 'अक्सर इतने छोटे बछड़े उछल-कूदकर नाक में दम कर देते हैं; परन्तु यह बछड़ा तो एकदम शान्त है। अपनी भोली-भाली आँखों से टकटकी लगाए खड़ा है।'

सरदार के दिमाग में अचानक एक शरारत सूझी कि वह अपने शिष्यों से बड़े गर्व से कहेगा – देखो, तुम गाँव से बेवकूफी की बातें ढूँढ़कर लौटे और इस बीच मैं एक

गाय के बछड़े भी चुरा लाया।"

यह सोच सरदार जोर-जोर से हँसने लगा। हँसते-हँसते पेट में दर्द होने लगा परन्तु उसकी हँसी नहीं रुकी।

अचानक सरदार ने महसूस किया, हँसते-हँसते उसके आँसू निकल रहे हैं।

'शायद ज्यादा हँसने से आँसू आना स्वाभाविक बात है।' उसने मन-ही-मन सोचा।

परन्तु यह क्या! आँसू रुकने का नाम ही नहीं ले रहे थे।

'कहीं मैं रो तो नहीं रहा?' सरदार को शक हुआ।

हाँ, सच ही तो है, वास्तव में चोरों का सरदार रो रहा था। आज वह अंतर्मन से खुश था। अभी तक लोग उसे घृणा की दृष्टि से देखते थे। वह कहीं भी जाता, तो लोग या तो भाग खड़े होते या खिड़की-दरवाजे बन्द कर लेते। उसकी आवाज सुनते ही हँसते हुए लोग भी चुप हो जाते और अपने काम में लग जाते। यहाँ तक कि मछलियाँ भी उसे देख दूर भाग जातीं। एक बार मदारी की पीठ पर लटके बन्दर को उसने केला खाने को दिया तो उसने भी उसे नीचे फेंक दिया। उसके साए से भी लोग नफरत करते थे।

वह सोचने लगा – 'सबने मुझे घृणा से देखा। आज तक मुझ पर किसी ने भरोसा नहीं किया। उस छोटे बच्चे ने एक चोर को अपनी गाय सँभालने को दी। उसने मुझ

पर भरोसा किया और ऊपर से यह गाय का बछड़ा भी बड़े आराम से मेरे पास है। वह इस तरह निश्चिंत मेरे पास खड़ा है, जैसे मैं उसकी माँ हूँ! मुझ जैसे चोर पर यदि आज किसी ने विश्वास किया तो यह बछड़ा और वह बच्चा है। ओह, इस विश्वास में कितनी खुशी है, आज मुझे मालूम चला!"

चोर-सरदार का हृदय इस वक्त एक बहुत खूबसूरत अनुभूति का आनन्द ले रहा था, जिसका आभास उसे बहुत पहले एक बार बचपन में हुआ था। परन्तु उसके बाद वह बुरा काम करता गया और हृदय भी अपवित्र हो गया। आज उसका हृदय फिर से पवित्र हो चला था। और इसी खुशी में वह रो रहा था। उसके आँसू टप-टप गिरते जा रहे थे।

शाम होने को आई तो सरदार ने सोचा – 'लड़के के आते ही मैं बछड़ा वापस कर दूँगा।'

बछड़ा सरदार के पीठ से सटकर खड़ा था। शायद उसे भूख लग आई थी। परन्तु सरदार बेचारा क्या करे! बेसब्री से लड़के का इन्तजार करने के अलावा उसके पास कोई चारा भी न था। शाम गहरी हो चली थी परन्तु वह लड़का वापिस नहीं लौटा।

थोड़ी देर बाद गाँव की खोज-खबर लेने गए चोर-सरदार के नए शागिर्द भी वापस लौट आए।

सरदार के पास गाय के बछड़े को देख कामायेमोन

बोला, "सचमुच हमारा सरदार कोई मामूली चोर नहीं है। देखो तो, हम लोग गाँव की छान-बीन कर अब लौटे हैं और इस बीच वह कहीं से गाय के बछड़े भी चुरा लाया!"

"हाँ, पहले मैं भी यही कहकर तुम लोगों से अपनी प्रशंसा करवाता, अब वह बात नहीं रही।" सरदार ने अपने आँसू पोंछते हुए शान्त भाव से अपनी बात कही।

"सरदार, ये आँसू कैसे?"

"देखो, तुम्हें तो खुश होना चाहिए कि अबकी बार हम लोग गाँव जाकर चोरी करने की पूरी जानकारी प्राप्त करके आए हैं।" कामायेमोन ने सरदार को दिलासा देते हुए कहा।

परन्तु सरदार ने कामायेमोन की बातों पर कोई प्रतिक्रिया नहीं जताई। वह बोला, "दरअसल एक बच्चा जो यह बछड़ा मुझे सौंपकर खेलने गया, वह अभी तक लौट कर नहीं आया, इसलिए मुझे चिन्ता हो रही है। क्या तुम लोग उसे ढूँढ़ने में मेरी मदद नहीं करोगे?"

"सरदार, क्या सौंपे हुए बछड़े को तुम वापस करोगे?" एबीनोजो ने हैरानी से पूछा।

"क्या चोर भी ऐसा करते हैं?" कानतारो ने सवाल किया।

"सरदार, थोड़ी समझदारी से काम लो। ये तो अच्छे चोर होने के लक्षण नहीं हैं।" काकुबे ने अपने विचार रखे।

"नहीं, तुम लोग समझ नहीं रहे हो। इसके कई कारण हैं।" कहकर सरदार ने अपने हृदय-परिवर्तन के बारे में

बताया और विनती की कि वे बछड़े के मालिक को ढूँढ़ने में उसकी मदद करें।

शिष्यों और सरदार ने हानानोकी गाँव के एक-एक घर जाकर पूछा, एक-एक कोना ढूँढ़ डाला, परन्तु उन्हें उस बच्चे के बारे में जानकारी न मिली।

कानतारो ने सरदार से कहा, "कोई ऐसी जगह नहीं बची और ऐसा घर नहीं बचा जो हमने देख न लिया हो। बस, अगर बची है तो सिर्फ एक जगह और वह है गाँव की पुलिस चौकी। सरदार, तुम शायद वहाँ जाना पसन्द नहीं करोगे, इसलिए अच्छा होगा कि अब हम यहीं से लौट चलें।"

सरदार थोड़ा सोच में पड़ गया; परन्तु थोड़ी देर बाद, बछड़े को सहलाते हुए बोला, "तो चलो, वहाँ भी देख लेते हैं।"

पुलिस चौकी पहुँचकर उन्होंने दरवाजा खटखटाया। एक बूढ़े ने दरवाजा खोला। सरदार ने बूढ़े को देख राहत की साँस ली और सोचा – 'अगर पहचान भी गया तो यहाँ से भागना आसान है।'

"क्या काम है?" बूढ़े ने पूछा।

सरदार ने सारी बात विस्तारपूर्वक बताई। बूढ़े ने गौर से अपनी तीखी नजर उन पाँचों के ऊपर घुमाई और कहा, "तुम लोग इधर आस-पास के नहीं लगते। कहीं चोर-उचक्के तो नहीं हो?"

यह सुन पाँचों थोड़ा सहमे, किन्तु तुरन्त ही सरदार अपने-आपको सँभालते हुए बोला, "नहीं, हम लोग व्यापारी हैं। यहाँ पर थोड़ी देर ठहरे तो यह घटना घट गई।"

"माफ करना, भाइयो! मेरा पेशा ही ऐसा है कि हर किसी को पहले शक की निगाह से देखना पड़ता है। और हाँ, तुम लोग चोर कैसे हो सकते हो? तुम लोग तो किसी की सौंपी हुई चीज लौटाने की भरसक कोशिश कर रहे हो!" बूढ़े ने सफाई देते हुए कहा और उन पाँचों से गाय का बछड़ा लेकर पिछवाड़े में बँधवा दिया।

पाँचों चोरों ने चैन की साँस ली और चलने को हुए कि पीछे से बूढ़े ने आवाज दी, "अरे नेक लोगो, तुम लोग काफी थक गए होगे, इसलिए थोड़ा नाश्ता-पानी कर सुस्ता लो।"

पाँचों ने बूढ़े के घर खूब पेट भर खाया और चाय पी। बूढ़े सिपाही के इस व्यवहार से सरदार की आँखें भर आईं।

उसे रोता देख बूढ़े ने कारण पूछा। सरदार से अब झूठ छिपाए न छिपा। उसने बूढ़े को साफ-साफ बता दिया कि वे असल में नेक इन्सान नहीं बल्कि चोर हैं। उसने अब तक की सारी चोरियों के बारे में बताया और साथ में यह भी कहा कि उसके साथ ये चार नौजवान कल ही उसके शिष्य बने हैं और अभी तक इन्होंने कोई चोरी नहीं की

है, इसलिए उन्हें माफ किया जाए।

अगले दिन चारों शिष्य अलग-अलग दिशाओं में अपने घरों को लौट गए। उन्होंने सरदार से आखिरी मुलाकात की। सरदार ने उन्हें अन्तिम सीख दी: 'कभी चोर न बनना।'

अब सवाल यह उठता है कि आखिर वह बच्चा कौन था जिसने उन पाँचों चोरों का हृदय परिवर्तन किया? गाँव के लोगों का ऐसा मानना था कि भगवान बुद्ध ने ही स्वयं बच्चे के रूप में गाँव की रक्षा की और साथ ही साथ चोरों का हृदय-परिवर्तन भी कर दिया, क्योंकि हानानोकी गाँव के निवासी बुद्ध के बड़े भक्त थे।

दादाजी की लालटेन

मूल शीर्षक : ओजीसान नो राम्पु, 1942
स्रोत : शोनेन शोजो निहोन बुन गाकुकान : कोदांशा, तोक्यो

आँख-मिचौली खेलते-खेलते तोइची घर के गोदाम में घुस गया। बाहर निकला तो उसके हाथ में एक अद्‌भुत आकृति की लालटेन थी। 80 सेंटीमीटर लम्बे बाँस के बने ढाँचे पर बत्ती जलने की जगह थी और उसके ऊपर था शीशे का पतला आवरण। वह लालटेन कम, तोप ज्यादा दिखती थी।

"यह क्या! यह तो बिलकुल तोप है!" एक बच्चे ने कहा।

बच्चे हैरान थे कि आखिर यह पुराने जमाने की कोई तोप है या फिर लालटेन!

तोइची के दादाजी ने भी जब उसे अचानक देखा, तो वह भी अचरज में पड़ गए, आखिर यह है क्या? परन्तु गौर से देखने पर वह समझ गए कि यह तो लालटेन है।

उन्होंने बच्चों को डाँटते हुए कहा, "भागो, यह तुम्हारे खेलने की चीज नहीं। बाहर जाकर देखो, तुम्हें खेलने के लिए बहुत-सी चीजें मिलेंगी। घर के अन्दर क्या बिल्लियों की तरह खेलते हो! जाओ, जल्दी से बाहर निकलो और खबरदार, जो अब इस लालटेन को हाथ भी लगाया!"

डाँट खाए बच्चे इस तरह सहम गए, जैसे सचमुच उनसे कोई गलती हो गई हो! तोइची और बच्चे मुँह लटकाए बाहर चले गए। थोड़ी देर में ही वे खेल में मस्त हो गए; परन्तु तोइची के दिमाग में अब भी लालटेन घूम रही थी।

शाम को तोइची जब घर लौटा तो उसने देखा, लालटेन कमरे के एक कोने में रखी हुई थी। उसने इधर-उधर नजरें घुमाईं, दादाजी घर पर नहीं थे। वह चुपके से लालटेन के पास जाकर बैठ गया और उसे गौर से निहारने लगा। काँपते हाथों से वह लालटेन के एक-एक हिस्से को छूने लगा। इतनी अद्‌भुत चीज उसने पहली बार देखी थी, इसलिए अपने-आपको रोक नहीं पा रहा था।

वह लालटेन की बत्ती को कभी ऊपर करता, तो कभी नीचे। शीशे के ऊपर का हिस्सा हटा थोड़ी और छेड़-छाड़ करता कि दादाजी ने उसे देख लिया।

परन्तु यह क्या दादाजी के चेहरे पर तो मुस्कान थी! इस बार दादाजी ने डाँटा नहीं। वह प्यार से तोइची की बगल में बैठ गए और उसके सिर पर हाथ फेरते हुए बोले, "बेटा, यह लालटेन मेरे पुराने दिनों की निशानी है। मैं तो इसके बारे में भूल ही गया था; परन्तु जब आज तुमने इसे ढूँढ निकाला तो पुराने दिन मेरी आँखों के सामने घूमने लगे। जब तुम मेरी उम्र के हो जाओगे तो तुम्हें भी पुरानी चीजों से उतना ही लगाव होगा, जितना आज मुझे इस लालटेन से है। आज इसे देख मैं बहुत खुश हूँ।"

तोइची एकटक दादाजी को देखता रहा। दादाजी ने प्यार से तोइची का हाथ पकड़ा और कहा, "आओ, मै तुम्हें एक पुराने जमाने की कहानी सुनाता हूँ।"

तोइची को कहानी सुनने में बड़ा मजा आता था। वह हमेशा की तरह दादाजी के पास शान्ति से बैठ कहानी सुनने लगा:

आज से कोई पचास साल पहले की बात है, एक गाँव में मिनोसुके नाम का एक बालक रहता था। उम्र लगभग तेरह साल। अभी वह छोटा ही था कि माँ-बाप गुजर गए। रिश्तेदार भी नहीं थे जो उसकी देख-भाल करते, इसलिए मिनोसुके लोगों के घर का चौका-बर्तन, बच्चों की देख-भाल, धान कूटना इत्यादि कार्य कर अपना गुजारा करने लगा; परन्तु मिनोसुके को इस तरह की जिन्दगी पसन्द नहीं थी। वह पढ़-लिखकर कुछ और

काम करना चाहता था; किन्तु उसके पास न तो इतने पैसे थे कि वह किताब खरीद सकता और न ही समय। हर वक्त तो वह लोगों के काम में ही हाथ बँटाता रहता था।

व्यस्तता के बावजूद वह निराश नहीं था। भविष्य सँवारने की तीव्र लालसा मिनोसुके के दिल में हिलोरें लेती रहती थी। उसे तलाश थी, तो बस, एक मौके की।

गर्मी की एक दोपहर का वक्त था। मिनोसुके को रिक्शा खींचकर पास के ओनो नामक गाँव पहुँचना था। सवारी को कुछ ज्यादा ही जल्दी थी। मिनोसुके इस काम में निपुण न होने की वजह से काफी तकलीफ महसूस कर रहा था। धूप तेज थी। वह पसीने से तर-ब-तर हो चला था। फिर भी हिम्मत और उत्साह से रिक्शा खींचे चला जा रहा था। आज पहली बार अपने गाँव से दूसरे गाँव जाने का उसे मौका जो मिला था। जब वह ओनो गाँव पहुँचा तो शाम का वक्त हो चला था। वह हैरान था इस गाँव की रौनक देखकर। दुकानों की लम्बी कतार, लोगों की भीड़भाड़! ऐसा दृश्य वह पहली बार देख रहा था। लेकिन सबसे अधिक आकर्षित वह दुकानों और लोगों के घरों की जगमगाती रोशनी को देखकर हुआ।

मिनोसुके के गाँव में तो शाम होते ही अंधकार छा जाता था और सभी घरों के अन्दर चले जाते। फिर अन्धे की तरह चीजें ढूँढ़ते। कोई एकाध घर ही ऐसा था जिनके यहाँ दीए जलते।

इस गाँव की चकाचौंध से मिनोसुके इतना प्रभावित हुआ कि वह थोड़ी देर वहाँ और ठहर इसका लुत्फ उठाना चाहता था। जहाँ आज वह इतना खुश था, वहीं उसे इस बात का क्षोभ भी था कि उसके गाँव में रोशनी का कोई साधन नहीं। घूमते घूमते वह एक ऐसी दुकान पर जा पहुँचा, जहाँ बहुत सारे लैम्प लटके थे।

वह कुछ सोचने लगा, फिर एक लैम्प की ओर इशारा करते हुए हिम्मत कर दुकानदार से पूछा, "क्या इसको बेचेंगे?"

"हाँ।"

"कितने में?"

"दो येन में।" दुकानदार ने कहा।

"कुछ कम नहीं करेंगे क्या?"

"बिलकुल नहीं।"

"तो फिर थोक में बेचेंगे क्या?" मिनोसुके गाँव में पुआल की चप्पलें भी बना कर बेचता था, इसलिए उसे मालूम था कि थोक में दाम कम हो जाता है।

"ऐसे एक-एक को अगर मैं सस्ते दामों में बेचने लगा तो मेरा मुनाफा कहाँ से होगा?"

"अच्छा, लैम्प के व्यापारी को तो बेचोगे?"

"हाँ।"

"अच्छा, तो मुझे लैम्प का व्यापारी ही समझ लो।"

"क्या? क्या तुम लैम्प के व्यापारी हो?" दुकानदार

जोर-जोर से हँसने लगा।

"हाँ, एक दिन मैं लैम्प का व्यापारी जरूर बनूँगा।

इसलिए कृपा करके अभी तो मुझे सिर्फ एक लैम्प थोक के भाव बेच दो, दूसरी बार आऊँगा तो बहुत सारे खरीदूँगा।"

मिनोसुके की विश्वासभरी बातें सुन इस बार दुकानदार हँसा नहीं बल्कि गम्भीरता से सोचते हुए बोला, "अच्छा, ऐसी बात है, तो तुम्हें एक लैम्प थोक के भाव बेच देता हूँ; परन्तु इसके बदले वायदा करना होगा कि तुम जरूर एक अच्छे व्यापारी बनोगे!"

"मैं वायदा करता हूँ।" मिनोसुके ने कहा।

मिनोसुके ने दुकानदार से लैम्प लिया और उसे जलाते हुए खुशी-खुशी गाँव की ओर चल पड़ा।

रास्ते में एक घना जंगल पड़ता था, लेकिन जलते लैम्प को हाथ में लटकाए आज मिनोसुके निडर था। सच पूछो तो अब मिनोसुके के दिल में एक उमंग भरा लैम्प जल रहा था। उसके दिल में एक सपना जाग उठा था। उसने ठान ली थी कि इस लैम्प से वह अपने गाँव का अँधेरा दूर करेगा।

परन्तु यह काम उतना आसान नहीं था। शुरू में लोगों को मिनोसुके की बात समझ में नहीं आई।

लोग पूछते, "आखिर तुम क्यों ले आए यह लैम्प उस गाँव से?"

मिनोसुके उनके प्रश्नों को हँसकर टाल देता था। इसी टालमटोल के बीच मिनोसुके को एक तरकीब सूझी।

वह गाँव के एक दुकानदार के पास पहुँचा और उससे मिन्नत की कि वह मुफ्त में ही सही, लेकिन कुछ दिन के लिए दुकान में उस लैम्प को लटका ले।

काफी आना-कानी करने के बाद दुकानदार ने मिनोसुके की बात मान ली।

दूसरे दिन से ही दुकान पर ग्राहकों की भीड़ बढ़ गई क्योंकि दुकानदार को पैसों का हिसाब-किताब करने में लैम्प की रोशनी से काफी मदद मिलने लगी। दिन-ब-दिन उसके मुनाफे में बढ़ोतरी होने लगी। दुकानदार को लैम्प का करिश्मा समझ में आ गया। उसने मिनोसुके को उस लैम्प के पैसे तो दिए ही, साथ में दो और लैम्प मँगवाने का आर्डर भी दे दिया।

मिनोसुके की खुशी का ठिकाना न रहा।

धीरे-धीरे मिनोसुके लैम्प का व्यापारी बन गया।

कुछ दिन बाद उसने एक दुकान खरीद ली। उसकी दुकान तरह-तरह के लैम्पों से जगमगाने लगी। उसका यह व्यापार उसके गाँव तक ही सीमित न रहा, दूर-दूर के गाँवों में भी लैम्प बिकने लगे।

मिनोसुके ने इस व्यापार से पैसे तो कमाए ही; परन्तु उससे भी ज्यादा उसे खुशी इस बात की थी कि उसके लैम्पों से गाँव-गाँव, घर-घर का अँधेरा दूर हो चला था। इससे उसे एक विशिष्ट संतुष्टि मिलने लगी थी।

मिनोसुके अब एक संपन्न व्यापारी था। उसने अपने

लिए एक खूबसूरत घर बनवाया। उसके पास काम करने वाले नौकर-चाकरों की कमी नहीं थी। बस, कमी थी तो सिर्फ एक बात की कि वह पढ़ा-लिखा न था; परन्तु जहाँ चाह, वहाँ राह! बस, उसने पढ़ना लिखना शुरू कर दिया और देखते देखते अखबार और किताबें पढ़ने लगा। अपने परिवार के साथ अब मिनोसुके एक खुशहाल जिंदगी बिताने लगा।

कुछ साल बीते तो एक दिन मिनोसुके को व्यापार के सिलसिले में दूसरे गाँव जाना पड़ा। वहाँ उसने कुछ लोगों को सड़क के किनारे गड्ढा खोदते हुए देखा। कुछ खम्भों पर भी उसकी नजर गई। थोड़ी दूर पर फिर वही दृश्य दिखाई दिया। उसकी समझ में कुछ नहीं आ रहा था।

आखिरकार उसने एक राहगीर से पूछा, "इन खम्भों का यहाँ क्या काम है?"

राहगीर ने कहा, "इन खम्भों में बिजली लगेगी। तब लैम्पों की जरूरत नहीं रहेगी।"

मिनोसुके न तो बिजली का मतलब समझ पाया और न ही यह कि खम्भे क्यों लगे हैं, परन्तु यह जरूर समझ गया कि इन खम्भों से एक नई रोशनी आएगी जिसके कारण लैम्पों की जरूरत नहीं पड़ेगी।

कुछ दिन बाद मिनोसुके फिर एक बार उसी गाँव में गया जहाँ उसने खम्भे लगे देखे थे। इस बार खम्भों के बीच काले रंग के तार लटके हुए थे और उन तारों के

ऊपर कबूतर बैठे थे। वह सोचने लगा – 'सुना था कि खम्भे बिजली के लिए लगे हैं, लेकिन यह तो कबूतरों के ठहरने की जगह लगती है!'

चलते-चलते मिनोसुके को थोड़ी थकान महसूस हुई। विश्राम करने के लिए वह एक दुकान पर गया। दुकान पर उसकी नजर कोने पर रखे एक लैम्प पर पड़ी। उस पर खूब धूल जम गई थी। नजर घुमाई तो उसने देखा, एक अजीब-सा लैम्प तार से लटका हुआ है, जिससे दुकान में रोशनी हो रही थी।

उसने दुकानदार से पूछा, "क्यों, यह क्या अजीब-सा लैम्प लटकाए हो! उसे क्या हुआ जो तुमने उधर कोने में रखा है?"

"यह अजीब-सा लैम्प नहीं है, यह बिजली का बल्ब है और वह जो तार खम्बों के बीच देख रहे हो, वहीं से यह बिजली आ रही है।"

दुकानदार फिर बोला, "बिजली आने से कितना आराम है! न तेल की जरूरत और न माचिस की। और तो और, अब आग लगने का खतरा भी नहीं रहा।"

मिनोसुके को दुकानदार की बात कुछ अच्छी नहीं लगी। आखिर लगे भी क्यों? वह तो लैम्पों का व्यापारी था। मन-ही-मन उसे दुकानदार पर गुस्सा आ रहा था। वह वहाँ से उठा और बाजार की ओर चल पड़ा।

सचमुच, दुकानें, घर, सारा गाँव बिजली की रोशनी से

जगमगा रहा था। उसकी आँखें चुँधियाँ रही थीं। वह समझ गया कि बिजली लैम्प से आगे की प्रगति है। उसे अब डर था कि धीरे-धीरे उसके गाँव में भी बिजली आ जाएगी और उसका व्यापार खत्म हो जाएगा।

वह दुखी मन घर लौटा।

कुछ दिनों बाद मिनोसुके के गाँव में भी बिजली आ गई। मिनोसुके ने अपना लैम्पों का व्यापार बन्द किया और किताबों की दुकान खोल ली।

परन्तु एक अजीब ढंग से उसने अपने लैम्पों का व्यापार खत्म किया। एक दिन अपने पास बचे सारे लैम्पों में तेल भर गाड़ी में लाद वह गाँव से दूर एक जंगल पहुँचा। उसने लैम्पों को जलाया और पेड़ों पर लटका दिया। कुल मिलाकर पचास लैम्प थे। आस-पास की जगह प्रकाश से झिलमिल जगमगाने लगी।

थोड़ी देर तक मिनोसुके उन लैम्पों को निहारता रहा, और एक लैम्प लेकर वापस घर लौटा।

"पता है बेटा, वह मिनोसुके मैं ही था। और यह लैम्प वही है जो उस दिन मैं जंगल से अपने साथ घर ले आया था।"

तोइची थोड़ी देर चुपचाप अपने दादाजी को देखता रहा और फिर बोला, "दादाजी, उन लैम्पों का क्या हुआ होगा, जो आप छोड़ आए थे?"

"मुसाफिर ले गए होंगे बेटा!" दादाजी ने कहा।

"तुम्हें मेरा लैम्पों के व्यवसाय को छोड़ने का तरीका थोड़ा अटपटा लगा होगा लेकिन मैं समझता हूँ कि मैंने सही किया था। दुनिया में तरक्की तभी होती है जब हम नई चीजों को स्वीकार कर लेते हैं।"

तोइची एकटक दादाजी के छोटे परन्तु साहसी चेहरे को निहारता रहा।

गोन लोमड़ी

मूल शीर्षक : गोन गित्सुने, 1932

स्रोत : शोनेन शोजो निहोन बुन गाकुकान : कोदांशा, तोक्यो

यह कहानी मैंने गाँव के मोहेइ नामक दादाजी से सुनी थी।

तब मैं बहुत छोटा था। कहते हैं कि बहुत पहले हमारे गाँव के पास, नाकायामा नामक जगह में, एक छोटा-सा दुर्ग था। वहाँ नाकायामा महाराज रहते थे।

नाकायामा से थोड़ी दूरी पर पहाड़ों के बीच 'गोन लोमड़ी' रहती थी। गोन लोमड़ी अभी छोटी थी और फर्न के घने जंगल के अन्दर एक जगह, गड्ढा खोदकर रहती थी। वह रात-दिन आस-पास के गाँवों में जाकर ऊधम मचाती रहती थी।

खेतों में घुसकर शकरकंदी को खोद-खोदकर फैलाना, सूखने के लिए फैलाई गई सरसों की तलछट पर आग लगाना, किसानों के घरों के पीछे लटकती लाल मिर्चों को नोंचना, आदि हरकतों से उसने गाँववालों की नाक में दम कर रखा था।

एक बार शरद में दो-तीन दिन तक लगातार बारिश होने के कारण गोन बाहर न जा सकी। वह गुफा के अन्दर ही उकड़ूँ बैठी रही।

बारिश रुकी तो गोन आश्वस्त हो गुफा से बाहर निकली। आसमान बिलकुल साफ था। दूधिया लहटोरा पक्षी के स्वर गूँज रहे थे। आस-पास की 'सुसुकी'[1] की बालियों पर अभी भी बारिश की बूँदें चमक रही थीं।

गोन गाँव की छोटी नदी के तट तक आ पहुँची।

वैसे तो अक्सर इस छोटी नदी में पानी कम रहता है, परन्तु लगातार तीन दिन तक बारिश होने से एकसाथ पानी काफी बढ़ आया था।

आमतौर पर बाढ़ से अप्रभावित रहने वाले सुसुकी के पौधे और हागी पेड़ की जड़ें पीले मैले पानी में उखड़कर आड़े गिर पड़ी थीं।

गोन पानी के बहाव की ओर दलदल में चल रही थी।

अचानक उसने देखा, नदी के अन्दर एक आदमी कुछ कर रहा है। वह चुपके से घनी घास की ओर चली गई

---

1. काँस जाति का एक बहुवर्षी पौधा।

ताकि कोई देख न ले। वहाँ से लगातार वह आदमी की ओर देखती रही।

'अरे, यह तो ह्योजू है!' गोन ने मन-ही-मन कहा।

ह्योजू फटी-पुरानी काली पोशाक को कमर से ऊपर किए, कमर तक पानी में डूबे, मछली पकड़ने के जाल को झकझोर रहा था।

उसके माथे पर पट्टी बँधी थी और चेहरे के एक ओर हागी पौधे का एक बड़ा-सा गोल पत्ता ऐसे चिपका था, जैसे उसके चेहरे पर एक बड़ा तिल हो।

थोड़ी देर बाद, ह्योजू ने जाल के एकदम पीछे के हिस्से को, पानी के अन्दर से निकाला। वह एक थैले जैसा दिखता था। उस थैले के अन्दर दूब की जड़ें, घास के पत्ते एवं सड़े-गले लकड़ी के टुकड़े आदि चीजें अँटी पड़ी थीं; परन्तु बीच-बीच में कोई सफेद वस्तु चमचम चमकती दिख रही थी। वह कुछ और नहीं, बल्कि मोटी ईल मछली और बड़ी समुद्री मछली मालूम पड़ती थी।

ह्योजू ने ईल एवं समुद्री मछली को उन कचड़ों समेत टोकरी के अन्दर डाला, थैले का मुँह बंद किया और जाल को फिर से पानी के अन्दर डाल दिया।

उसके बाद नदी के बाहर निकला। टोकरी को तट पर ही छोड़, न मालूम क्या ढूँढ़ने नदी के बहाव के विपरीत दिशा की ओर चला गया।

ह्योजू के जाने के बाद गोन जल्दी से घास के बीच

से उछलती हुई बाहर आई और टोकरी के पास पहुँच गई।

उसे एक शरारत सूझी। वह टोकरी से मछलियाँ पकड़-पकड़कर नदी में बिछे जाल के नीचे की धारा को लक्ष्य बना बेझिझक फेंकने लगी। सभी मछलियाँ धम्म-सी आवाज करती पानी के अन्दर चली गईं।

अन्त में वह एक मोटी ईल मछली को पकड़ने में जुट गई। परन्तु क्या करे; वह इतनी चिकनी थी कि हर बार गोन की पकड़ से फिसल जाती थी। झुँझलाहट में गोन ने अपना सिर टोकरी के अन्दर घुसाया और ईल मछली के सिर को मुँह से पकड़ लिया। बस, क्या था! मछली गोन की गर्दन पर कसकर लिपट गई।

तभी दूसरी ओर से ह्योजू चिल्लाया, "अरे ओ चोर लोमड़ी!"

गोन चौंककर उछली। ईल मछली को वहीं फेंक उसने भागने की लाख कोशिश की परन्तु मछली उसकी गर्दन छोड़ने को तैयार न हुई। अन्ततः दाएँ-बाएँ हाथ मारती, कूदती-फाँदती, जैसे-तैसे वहाँ से भाग खड़ी हुई।

गुफा के नजदीक, बड़हड़ के नीचे पहुँच, उसने मुड़कर देखा तो पाया, ह्योजू अब पीछा नहीं कर रहा था।

गोन ने राहत की साँस ली। ईल मछली के सिर को चबा-चबा कर गुफा के बाहर पेड़ के पत्तों के ऊपर रखने के बाद ही वह अपना पीछा छुड़ा पाई।

[2]

लगभग दस दिन बीते होंगे कि गोन यासुके नामक किसान के घर के पिछवाड़े से गुजरी। उसने वहाँ देखा कि अंजीर के पेड़ की छाँव में यासुके की पत्नी अपने दाँतों को काले रंग में रँग रही थी[1]। शिनबे लुहार के घर के पिछवाड़े से गुजरी तो उसकी पत्नी को बाल बनाते देखा।

'ऊँह, लगता है, गाँव में आज कुछ है!' गोन ने सोचा।

'परन्तु, आखिर क्या हो सकता है! हो सकता है, शरद-उत्सव हो! किन्तु उत्सव होने पर ढोल या बाँसुरी के स्वर सुनाई पड़ने चाहिए थे। सबसे पहले तो शिन्तो मठ में झण्डे लगे होने चाहिए।'

इस तरह की बातें सोचती हुई वह मालूम नहीं कब ह्योजू के घर के सामने लाल-सुर्ख पत्थरों से बने कुएँ के पास तक चली आई। छोटे-से टूटे-फूटे घर के अन्दर बहुत सारे लोग एकत्र थे।

बाहर जाने के वस्त्र पहनी और कमर पर तौलिया लटकाई औरतें चूल्हे पर आग सुलगा रही थीं। एक बड़ी देगची में धीरे-धीरे कुछ उबल रहा था।

'ओह, अंत्येष्टि है!' गोन ने सोचा।

'ह्योजू के घर में आखिर कौन मरा होगा?' गोन सोचने लगी।

---

1. प्राचीन काल में विवाहित औरतें अपने दाँत काले रंग में रँगती थीं।

दोपहर बाद, गाँव के श्मशान घाट में जाकर, छः जिजो देवता[1] की मूर्तियों के पीछे गोन छिपी हुई थी। मौसम अच्छा था और दूर किले की छत के खपरैल चमक रहे थे। श्मशान में स्पाइडर-फ्लाई[2] के फूल खिल रहे थे। गाँव से घंटी के स्वर सुनाई देने लगे। यह शवयात्रा के निकलने का संकेत था।

तभी सफेद कपड़े पहने शवयात्री आते हुए दिखाई देने लगे। उनकी बातें भी अब नजदीक तक सुनाई देने लगीं। लोगों के गुजरने के बाद स्पाइडर-फ्लाइ के फूल पैरों से कुचले हुए थे।

गोन ने आगे बढ़कर देखा, ह्योजू सामुराइ की रस्मी सफेद पोशाक पहने, बौद्ध-पुरोहित द्वारा प्रदत्त मृतक का बौद्ध नाम लिखा छोटा एवं पतला तख्ता लटकाए हुए था। हमेशा लाल-लाल शकरकंदी जैसे दिखने वाला ह्योजू का चेहरा आज कुछ मुरझाया हुआ था।

'ओह, मृतक ह्योजू की माँ है!' यह सोचते हुए गोन ने अपना सिर पीछे हटाया।

उस शाम गोन ने गुफा के अन्दर सोचा:

'ह्योजू की माँ जब बिस्तर पकड़े रही होगी तो जरूर उसने ईल मछली खाने की इच्छा व्यक्त की होगी। शायद तभी ह्योजू ने जाल निकाला होगा। परन्तु मैं शैतानी से

---

1. बच्चों के रक्षक देवता।
2. शल्क कंदवाला एक बहुवर्षी पौधा।

ईल-मछली उठा लाई। इसकी वजह से ह्योजू की माँ बिना ईल खाए ही मर गई। ओह! कितने दु:ख की बात है कि माँ यह कहते हुए मरी होगी—मैं ईल मछली खाना चाहती हूँ, ईल मछली खाना चाहती हूँ !...ओह! अच्छा होता कि मैं इस तरह की हरकत न करती।'

[3]

ह्योजू लाल कुएँ की जगह पर गेहुओं को सान रहा था। अभी तक ह्योजू और उसकी माँ गरीबी में गुजर-बसर कर रहे थे। माँ के मरने के बाद वह अब अकेला रह गया।

'मेरी तरह अकेला पड़ गया है ह्योजू।' गोदाम के पीछे से देखती हुई गोन ने सोचा।

गोदाम से हटकर गोन जब दूसरी तरफ गई तो कहीं से सारडीन मछली बेचने वाले की आवाज सुनाई दी:

'सस्ती सारडीन मछली बेचने वाला! ताजातरीन मछली!'

गोन उस ओर भागी जिधर से यह जोशीली आवाज़ आ रही थी। उसने देखा, यासुके की पत्नी पिछवाड़े के दरवाजे से कह रही है, ''सारडीन मछली देना।''

मछली वाला मछली की टोकरी लदी गाड़ी को रास्ते के किनारे छोड़, चमचमाती मछली दोनों हाथों से पकड़कर यासुके के घर के अन्दर घुसा, तो गोन ने मौके

का फायदा उठाया। झट से टोकरी से पाँच-छः मछलियाँ निकाली और दौड़ती हुई पिछवाड़े के दरवाजे से ह्योजू के घर के अन्दर फेंक दी और फिर अपनी गुफा की ओर भाग निकली।

आधा रास्ता तय करने के बाद ढलान से जब उसने पीछे मुड़कर देखा, तो कुएँ के पास गेहूँ सानता ह्योजू बहुत छोटा-सा दिखाई पड़ा।

'ईल मछली के हर्जाने में फिलहाल एक अच्छा काम किया।' गोन ने सोचा।

दूसरे दिन गोन पहाड़ से ढेर सारी शाहबालूत इकट्ठा कर, कंधे पर लटका ह्योजू के घर पहुँची। पिछवाड़े के दरवाजे से उसने झाँक कर देखा, ह्योजू दिन का खाना खा रहा था। वह कटोरे को हाथ में पकड़ दुखी मन किसी सोच में डूबा था। आश्चर्य की बात थी कि उसके गाल पर एक हलका-सा घाव था।

'आखिर क्या हुआ होगा!' गोन अभी ऐसा सोच ही रही थी कि ह्योजू अपने-आप से बुदबुदाया, "आखिर किसने मेरे घर सारडीन मछलियाँ फेंकी होगी! इन मछलियों के कारण ही तो मछली वाले ने चोर समझकर मेरी यह हालत की।'

'यह तो चूक हो गई। बेचारा ह्योजू मछली वाले से बुरी तरह पिटकर यह घाव करवा बैठा।' ऐसा सोचते हुए गोन गोदाम की ओर मुड़ी और प्रवेश द्वार पर

शाहबालूत रखकर वापस लौट आई।

अगले दिन ही नहीं, उसके अगले दिन भी गोन ढेर सारी शाहबालूत ह्योजू के घर छोड़ आई। अगले दिन शाहबालूत ही नहीं, बल्कि दो-तीन मशरूम भी छोड़ आई।

[4]

एक शाम चन्द्रमा का भरपूर प्रकाश फैला हुआ था। गोन यों ही टहलने के लिए निकल पड़ी। नाकायामा महाराज के दुर्ग के नीचे से गुजरी तो संकीर्ण रास्ते के दूसरी ओर से कोई आता नजर आया।

गोन रास्ते के एक ओर छुप गई थी। किसी के बोलने की आवाज धीरे-धीरे नजदीक से सुनाई देने लगी। वे आवाजें दो किसानों–ह्योजू और कासुके की आपस में बातचीत की थीं!

"सुनो कासुके!" ह्योजू ने कहा।

"क्या?"

"मेरे साथ आजकल बहुत ही अद्भुत चीजें हो रही हैं!"

"वह क्या?"

"माँ के मरने के बाद, न मालूम कौन मेरे लिए रोज शाहबालूत और मशरूम लेकर आता है!"

"अच्छा! कौन?"

"यही तो मालूम नहीं है। मैं जब घर पर नहीं रहता, तब कोई लाता है।"

गोन दोनों की बातें चुपचाप सुन रही थी।

"सचमुच?"

"सचमुच। अगर तुम झूठ समझते हो तो हाथ कंगन को आरसी क्या! कल खुद देखने आ जाओ। मैं शाहबालूत तुम्हें दिखा दूँगा।"

"अच्छा, दुनिया में बड़ी अजीब बातें होती हैं!"

दोनों चुपचाप चलने लगे।

कासुके ने अचानक पीछे मुड़कर देखा, तो गोन जल्दी से झुकते हुए वहीं रुक गई।

कासुके ने गोन की ओर ध्यान न दिया और उसी तरह जल्दी-जल्दी आगे चलने लगा।

किचिबे किसान के घर तक जाने के बाद दोनों उस घर के अन्दर चले गए। घर के अन्दर पों...पों...पों...पों मोकुग्यो घंटी[1] के बजने की आवाज सुनाई दे रही थी। शोजि[2] से प्रकाश झलक रहा था, जिससे पुरोहित का बड़ा-सा सिर हिलता हुआ नजर आ रहा था।

'लगता है, बरसी में अमिताभ-अवलोकितेश्वर का बुद्ध-जाप हो रहा है।' यह सोचते हुए गोन वहीं कुएँ के

1. लकड़ी से बनी एक घंटी जो बौद्ध-पुरोहित द्वारा सूत्रपाठ के समय बजाई जाती है।
2. जापानी ढंग से मकान में कागज का मढ़ा काठ का ढाँचा जो खिड़की या दरवाजे का काम देता है। खिड़की कागज की बनी होने से प्रकाश आर-पार दिखाई देता है।

पास उकड़ूँ होकर बैठ गई।

थोड़ी देर बाद फिर तीन व्यक्ति, और इस तरह कई लोग किचिबे के घर आते-जाते रहे। मंत्र जपने की आवाजें सुनाई देती रहीं।

[5]

गोन तब तक कुएँ के पास उकड़ूँ बैठी रही, जब तक मंत्र जपना खत्म न हुआ। ह्योजू और कासुके फिर दोबारा इकट्ठा कहीं जा रहे थे। दोनों की बातें सुनने की कोशिश में गोन उनके पीछे हो ली। ह्योजू की परछाई पर पाँव रखते हुए वह चलती गई।

वे जब दुर्ग के पास आए तो कासुके बोला, "उस समय जो तुम बातें बता रहे थे, मुझे लगता है कि वह सब भगवान की करनी है।"

"ऐं!" ह्योजू ने चौंककर कासुके के चेहरे की ओर देखा।

"मैं उस समय से लगातार सोच रहा था। मुझे पूरा यकीन है, ऐसी करनी किसी मनुष्य की नहीं बल्कि भगवान की है। तुम्हें अकेला देख भगवान तरस खाकर तरह-तरह की चीजें भेजते रहते हैं।"

"क्या यह हो सकता है?"

"मुझे तो यही लगता है। इसीलिए रोज तुम्हें भगवान का शुक्रगुजार होना चाहिए।"

"हाँ, तुम ठीक कहते हो।"

'ये तो व्यर्थ की बातें कर रहे हैं!' यह सोच गोन को हैरानी हुई।

गोन ने सोचा–'मैं हर रोज शाहबालूत और कुकुरमुत्ता लाती हूँ और मेरा शुक्रिया करने के बदले ये लोग तो भगवान को शुक्रिया अदा करने की बात कर रहे हैं! इस हालत में तो भगवान से मेरा कतई मुकाबला नहीं।'

[6]

अगले दिन भी गोन शाहबालूत लेकर ह्योजू के घर पहुँची। ह्योजू गोदाम में पुआल से रस्सी बना रहा था।

गोन पिछवाड़े के दरवाजे से चुपचाप अन्दर घुस गई।

उसी वक्त ह्योजू ने अपना चेहरा ऊपर उठाया, "अरे, लोमड़ी घर के अन्दर घुसी है! यह तो वही गोन लोमड़ी है, जिसने उस दिन ईल मछली चुराई थी! फिर जरूर कोई हरकत करने आई है। अच्छा, अभी मजे चखाता हूँ।"

ह्योजू जल्दी से कुटिया में लटकी तोड़ेदार बन्दूक लाया, उसमें बारूद भरा, दबे पाँव दरवाजे से बाहर निकलने की कोशिश कर रही गोन को उसने पास जाकर अकस्मात् ही गोली मार दी।

गोन धड़ाम से नीचे गिर गई।

ह्योजू उसके नजदीक आया। घर के अन्दर घुसते ही मिट्टी के फर्श पर गिरी ढेर सारी शाहबालूत पर उसकी नजरें पड़ी।

"ओह!" ह्योजू ने अवाक् हो गोन पर अपनी निगाहें

झुकाईं, "गोन, तो तुम थीं हमेशा मेरे लिए शाहबालूत लाने वाली?"

अर्द्ध-मूर्च्छित अवस्था में बड़ी मुश्किल से गोन ने हामी भरी।

ह्योजू ने फटाफट बन्दूक हाथ से गिरा दी।

एक महीन-सा नीला धुआँ अब भी नली के मुँह से बाहर निकल रहा था।

दस्ताने

मूल शीर्षक : तेबुकुरो ओ काई नी, 1933

स्रोत : शोनेन शोजो निहोन बुन गाकुकान : कोदांशा, तोक्यो

उत्तर दिशा से सर्द हवा की लहर जंगल के उस ओर आई, जहाँ लोमड़ी अपने बच्चे के साथ रहती थी।

एक सुबह लोमड़ी का बच्चा माँद से बाहर निकलने की कोशिश कर रहा था तो न जाने कोई चीज उसकी आँखों में चुभ गई। आँखें मींचे लुढ़कते हुए अपनी माँ के पास पहुँचा और बोला, "माँ, आँख में कुछ गिर गया है, उसे निकाल दो...जल्दी से निकालो माँ।"

माँ असमंजस में पड़ गई। उसने घबराते हुए आँख का मुआयना किया; परन्तु आँख में तो कुछ भी नहीं था।

कल रात-भर ढेर सारी सफ़ेद बर्फ़ गिरी थी और बच्चा

माँद से पहली बार बाहर निकला था, इसलिए माँ को तुरन्त इसका कारण समझ में आ गया। बर्फ़ के ऊपर सूरज की तेज रोशनी पड़ने से बच्चे की आँख चुँधिया गई थीं!

पहली बार बर्फ का तेज़ प्रतिबिम्ब जब बच्चे की आँखों में पड़ा तो उसने सोचा, आँख में कुछ पड़ गया है। लेकिन कुछ देर बाद ही लोमड़ी का बच्चा खेलने चला गया।

कोया से बने सूत जैसे मुलायम बर्फ़ के कण पानी की बौछार की तरह उड़ने लगे और छोटे-छोटे इन्द्रधनुष की तरह दिखने लगे। तभी अचानक पीछे से, तेज आवाज़ के साथ ब्रेड के पावडर के समान बर्फ ने लोमड़ी के बच्चे को ढँक दिया। बच्चा घबराया और लुढ़कते हुए 10 मीटर की दूरी तक भाग निकला।

'आखिर क्या हुआ होगा?' यह सोचते हुए उसने पीछे मुड़कर देखा; परन्तु उसे कुछ दिखाई न दिया।

दरअसल बलूत के पेड़ की शाखा से ढेर सारी बर्फ़ सरककर बच्चे के ऊपर गिरी थी। अभी भी शाखाओं के बीच से सफ़ेद रेशमी धागे की तरह बर्फ गिर रही थी।

जल्दी से माँद के अन्दर लौटकर बच्चे ने कहा, "माँ, हाथ ठण्ड के मारे कठोर हो गए हैं।" उसने भीगे हलके गुलाबी रंग के दोनों हाथ माँ के सामने फैला दिए।

माँ ने उसके हाथों को अपने गर्म हाथों में समेटते हुए

कहा, "बस, अब तुरन्त ही गर्माहट आ जाएगी।"

बच्चे के हाथों में हिमदाह निकल आए थे, इसलिए माँ ने सोचा, रात होने पर वह शहर जाकर अपने बच्चे के लिए ऊन के दस्ताने खरीद लाएगी।

गहरी अँधेरी रात ने अपने आगोश में मैदानों, जंगलों को ले लिया था, ठीक उसी तरह, जैसे किसी कपड़े में सामान को लपेटा जाता है, लेकिन बर्फ की चमक अँधेरा फैलने पर भी कम नहीं हुई।

माँ और बच्चा माँद से निकल पड़े। बच्चा माँ के पेट से चिपके अपनी गोल-गोल आँखों को झपकाते हुए इधर-उधर देख रहा था।

चलते-चलते उनको एक रोशनी नजर आई। उसे देख बच्चे ने कहा, "माँ, देखो, वह तारा कितना नीचे झुका हुआ है! है ना!"

"वह तारा नहीं है बेटे," माँ ने कहा, "वह शहर है।"

यह कहते ही माँ के पैर एकदम रुक गए।

जब माँ ने शहर की रोशनी देखी, तो उसे एक पुरानी घटना याद आ गई, जब वह अपने दोस्त के साथ शहर गई थी। वहाँ वे एक भयंकर मुश्किल में फँस गए थे। दोस्त लोमड़ी माँ के लाख मना करने पर भी अपनी ओछी हरकत से बाज नहीं आई। एक घर से बतख चुराने की कोशिश में किसान ने उसे देख लिया था। किसान लट्ठ लेकर इस तरह उनके पीछे भागा कि बड़ी मुश्किल से

वे जान बचा पाए।

माँ को खड़े होकर सोचते देख बच्चे ने टोक दिया, "माँ, क्या सोच रही हो? जल्दी चलो न!"

परन्तु माँ के पैर किसी भी तरह आगे नहीं बढ़े। वहीं खड़े-खड़े माँ ने निश्चय किया कि वह सिर्फ़ अपने बच्चे को ही शहर भेजेगी।

"प्यारे बच्चे, जरा अपना एक हाथ निकालना।" माँ ने कहा।

माँ थोड़ी देर तक हाथ को पकड़े रही और फिर उसके हाथ को मनुष्य के हाथ की तरह बना दिया।

बच्चा उस हाथ को कभी खोलता तो कभी बन्द करता। कभी सूँघता, तो कभी चुटकी बजाता।

"माँ, यह क्या है? बड़ा अजीब-सा लग रहा है!" बर्फ की रोशनी में वह उस मनुष्य-हाथ को बार-बार गौर से देखने लगा।

"यह मनुष्य का हाथ है। शहर जाओगे तो तुम्हें बहुत सारे मनुष्यों के घर मिलेंगे। तुम्हें सबसे पहले वह घर ढूँढ़ना है, जिसके सामने टोपी का साइनबोर्ड लगा हो। वह मिल जाए, तो दरवाजा खटखटाना और नमस्ते बोलना। ऐसा करने से अन्दर से मनुष्य थोड़ा-सा दरवाजा खोलेगा। बस, उतनी-सी जगह में तुम्हें अपना यह मनुष्य का हाथ अन्दर करना है। इस मनुष्य वाले हाथ को अन्दर करना और कहना कि इस हाथ के लायक गर्म दस्ताने दे दीजिए।

समझ गए न बच्चे? किसी भी हालत में दूसरा हाथ नहीं बढ़ाना।'' माँ ने बच्चे को समझाया।

''क्यों?'' बच्चे ने पूछा।

''मनुष्यों को अगर पता चल गया कि तुम लोमड़ी के बच्चे हो तो वे तुम्हें दस्ताने नहीं देंगे। और तो और वे तुम्हें पकड़ टोकरी में बन्द कर देंगे। मनुष्य बहुत ही खतरनाक होते हैं।''

''ऊँ-ह!''

''किसी भी हालत में दूसरा हाथ न बढ़ाना, सिर्फ़ यह मनुष्य वाला हाथ बढ़ाना,'' कहकर माँ ने अपने साथ लाए दो चाँदी के सिक्के बच्चे के मनुष्य-रूपी हाथ में थमा दिए।

लोमड़ी का बच्चा शहर की रोशनी को निशाना बना बर्फ़ के प्रकाश में मैदान और खेतों को फलाँगता शहर की ओर चल पड़ा।

धीरे-धीरे एक रोशनी दो में बढ़ी और फिर तीन में, और अन्त में अनगिनत हो गईं। लोमड़ी का बच्चा सोचने लगा, जरूर तारों की ही तरह घरों की रोशनी भी लाल, पीली और नीली होती होगी।

आखिरकार वह शहर पहुँच गया।

सड़क के सभी घरों के दरवाजे बन्द थे और ऊँची खिड़कियों की रोशनी की गर्माहट सड़क पर बिछी बर्फ़ के ऊपर पड़ रही थी।

सामने के ज्यादातर साइनबोर्डों के ऊपर छोटे बल्ब जल रहे थे, जिसे देखते हुए लोमड़ी का बच्चा 'टोपी वाला' घर ढूँढ़ रहा था। साइकिल के साइनबोर्ड, चश्मे

के साइनबोर्ड, इस प्रकार तरह-तरह के साइनबोर्ड थे। कई चीज़ें नए रंग से रँगी थीं और कई पुरानी चीज़ें टूटी-फूटी दीवारों जैसी लग रही थीं। लोमड़ी का बच्चा पहली बार शहर आया था, इसलिए यह सब समझना उसके बस से बाहर था।

अन्त में उसे टोपी की दुकान मिल गई। रास्ते-भर माँ जिस काली बड़ी रेशमी टोपी का जिक्र कर रही थी, उसका साइनबोर्ड नीले रंग के बल्ब की रोशनी में चमक रहा था।

माँ के कहे अनुसार उसने दरवाजा खटखटाया।

"नमस्ते!"

फिर अन्दर कुछ बड़बडाने की आवाज हुई और तुरन्त ही दरवाजा लगभग तीन सेंटीमीटर के बराबर खुला। रोशनी की एक लम्बी-सी पट्टी सड़क की सफेद बर्फ पर लम्बी-सी पड़ी।

रोशनी की चकाचौंध से बच्चा घबराया और हड़बड़ी में उसने गलती से वह हाथ आगे बढ़ा दिया जिसके लिए माँ ने मनुष्यों को न दिखाने की हिदायत दी थी।

"इस हाथ के लिए एकदम सही दस्ताने दीजिए।"

हाथ देख दुकानदार सकपकाया।

'यह तो लोमड़ी के बच्चे का हाथ है। तो लोमड़ी का बच्चा दस्ताने खरीदने आया है! जरूर पैसे के बदले पत्तों से कीमत चुकाने की सोची है लोमड़ी ने।' यह सोचते

हुए उसने कहा, "पहले पैसे तो दो!"

बच्चे ने भोलेपन से हाथ में पकड़े चाँदी के सिक्के दुकानदार को तपाक से थमा दिए।

दुकानदार ने सिक्कों की भली-भाँति परख की। उसे विश्वास हो गया कि पैसे असली हैं, इसलिए शैल्फ से बच्चों के ऊनी दस्ताने निकाले और लोमड़ी के हाथ में थमा दी।

बच्चे ने धन्यवाद कहा और वापस लौट पड़ा।

'माँ ने तो कहा था कि मनुष्य बड़े भयंकर होते हैं; परन्तु यह तो बिलकुल शरीफ़ निकले। देखो, मेरे सचमुच के हाथों को देखने पर भी कुछ नहीं किया!' बच्चा चलते-चलते सोच रहा था।

बच्चे के मन में इच्छा हुई कि देखें, आखिर मनुष्य कैसे होते हैं!

उस समय वह एक घर की खिड़की के नीचे से गुजर रहा था कि अचानक उसे मनुष्य की आवाज सुनाई दी। उसने सोचा – 'कितनी सुरीली, कितनी खूबसूरत और कितनी शांत आवाज है!'

"सो जाओ, सो जाओ, माँ के सीने से लगके सो जाओ, मेरे लाल...माँ के हाथ पर..."

लोमड़ी का बच्चा समझ गया कि जरूर यह मधुर स्वर मनुष्य की माँ के ही होंगे, क्योंकि उसे भी माँ इतनी ही मधुर आवाज में लोरी सुना झुलाते हुए सुलाती है।

तभी मनुष्य के बच्चे की आवाज सुनाई दी, “इस ठण्डी रात में जंगल में लोमड़ी का बच्चा ठिठुरते हुए रो रहा होगा, है न माँ ?”

“हाँ, वह भी माँ की लोरी सुन, अपने माँद में सोने की कोशिश कर रहा होगा। अच्छा, अब तुम भी जल्दी सो जाओ। देखते हैं, लोमड़ी का बच्चा जल्दी सोता है या तुम। जरूर, तुम ही जल्दी सोओगे।”

यह सुनकर लोमड़ी के बच्चे को माँ की याद आ गई और वह तेजी से उस ओर दौड़ा, जिधर माँ उसका इन्तजार कर रही थी।

माँ-लोमड़ी बेचैनी से बच्चे के लौटने का इन्तजार थर-थर काँपते हुए कर रही थी। बच्चे के लौटते ही माँ उसे अपनी छाती की गर्माहट में लपेट इतना खुश हुई कि उसके आँसू निकल आए।

दोनों जंगल की ओर चल पड़े।

चाँद की भरपूर रोशनी चारों ओर फैली थी जिससे लोमड़ी के बालों की लहरें चाँदी जैसी चमक रही थीं और पैरों के नीचे थी, उसकी गहरी छाया।

“माँ, मनुष्य तो बिलकुल भी खतरनाक नहीं होते हैं।”

“यह तुम कैसे कह सकते हो?” माँ चौंकते हुए बोली, “हमारा अनुभव तो कुछ और ही है।”

“मैंने तो उन्हें सचमुच का हाथ दिखा दिया, फिर भी दुकानदार ने मुझे पकड़ा नहीं, बल्कि देखो तो, उसने इतने

अच्छे गर्म दस्ताने दिए हैं!'' बच्चे ने दस्ताने पहने हाथों से ताली बजाते हुए माँ को दिखाया।

माँ 'ओह!' कहकर आश्चर्यचकित-सी कुछ बुदबुदाई, ''क्या मनुष्य सचमुच अच्छे होते हैं? सचमुच अच्छे होते हैं क्या मनुष्य?'

●●●

डा॰ उनीता सच्चिदानन्द द्वारा रूपान्तरित, अनूदित, सम्पादित व रचित और राजकमल प्रकाशन द्वारा प्रकाशित जापानी साहित्य

(मूल और अनूदित शीर्षक हिन्दी व जापानी में)

जापानी लोककथाएं : तसवीर का फेर

日本の民話:タスワィール　カ　フェール

1. 絵姿女房 (एसुगाता न्योबो)	1. तसवीर का फेर (タスワィールカ フェール)
2. 猿地蔵 (सारु जिजो)	2. नदी में देवता (ナディーメデワタ)
3. やまた のおろち (यामाता नो ओरोची)	3. छाए बादल (チャーエバダル)
4. 七夕 (तानाबाता)	4. तानाबाता (タナバタ)
5. 一寸法師 (इस्सुनबोशी)	5. इस्सुन बोशी (イッスンボシ)
6. 桃太郎 (मोमोतारो)	6. मोमोतारो (モモタロ)
7. 古屋のもり (फुरुया नो मोरी)	7. टप-टप गुम्बा (タプタプグッムバ)

जापानी लोककथाएं :लोमड़ी की जपमाला

日本の民話:ロムリーキージャプマラー

1. 天福地福 (तेन्बुकुजिबुकु)	1. सपना सच हुआ (サプナサッチフア)
2. 鷹 蝦 鮫 (ताका एबी सामे)	2. बड़ा कौन (バラコウン)
3. 狐の玉 の取り合い (खित्सुने नो तामा नो तोरिआइ)	3. लोमड़ी की जपमाला (ロムリーキー ジャプマラー)

4.	木仏長者 (किबोतोके चोजा)	4.	विश्वास का बल (ウィスワース カバール)
5.	宝下駄 (ताकारा गेता)	5.	लुढ़कता खड़ाऊँ (ルラクタカラウン)
6.	五得の教え (गोतोकु नो ओशिए)	6.	एक एहसान बढ़ा पांच मान (エクエヘサン バラパンチマン)
7.	鴇の卵 (तोकी नो तामागो)	7.	बुज्जा का अण्डा (ブッジャーカアンダ)

पांच चोर

नीइमी नानकिचि

パンチ チョール

新美南吉

1.	花のき村と盗人たち (हानानोकिमुरा तो नुसुबितोताची)	1.	पांच चोर (パンチチョール)
2.	おじさんのランプ (ओजीसान नो राम्पु)	2.	दादाजी की लालटेन (ダダジキラルテン)
3.	ごんぎつね (गोन गित्सुने)	3.	गोन लोमड़ी (ゴンロムリー)
4.	手袋を買いに (तेबुकुरो ओ काई नी)	4.	दस्ताने (ダスタネ)

मेरी दीदी: ओका शूज़ो

メリーディーディー

丘修三

1.	ぼくのお姉さん (बोकु नो ओनेसान)	1.	मेरी दीदी (メリーディーディー)
2.	歯型	2.	दांतों के निशान

	(हागाता)		(ダントウケーニシャン)
3.	首かざり (कूबी काज़ारी)	3.	माला (マラー)

वाशिंगटन पोस्टमार्च: ओका शूज़ो *
ワシングトンポスト,マーチ
丘 修三

1.	あざ (आज़ा)	1.	नीले धब्बे (ニレーダッベ)
2.	こおろぎ (कोओरोगी)	2.	झींगुर (ジーングル)
3.	ワシントンポスト マーチ (वाशिनटोन पोसुतोमाचि)	3.	वाशिंगटन पोस्टमार्च (ワシングトンポスト マーチ)

* अनुवाद योशिको ओकागुची , सम्पादन: डा॰ उनीता सच्चिदानन्द

राक्षस फूट-फूट कर रोया
हामादा हिरोसुके, त्सुबोता जोजी ,मुशानोकोजी सानेआत्सु,
ラクシャシ フートフート カルロヤ
浜田廣介, 坪田譲治, 武者小路実篷

1.	泣いた赤鬼 (नाइता आका ओनी)	1.	राक्षस फूटफूट कर रोया (ラクシャシフートフートカルロヤ)
2.	ある島の狐 (आरु शिमा नो खित्सुने)	2.	एक द्वीप की लोमड़ी (エクデュイープキロムリー)
3.	狐解葡萄 (खित्सुने तो बुदो)	3.	लोमड़ी और अंगूर (ロムリーオウルアングール)
4.	小学生と狐 (श्योगाकुसेइ तो खित्सुने)	4.	लोमड़ी की सीख (ロムリーキシーク)

जलपरी

ओगावा मिमेइ, शिमाज़ाकी तोसोन, कोजिमा मासाजिरो

ジャルパリー

小川未明, 島崎藤村,小島政二郎

1.	赤いろうそくと人形 (आकाइ रोसोकु तो निन्ग्यो)	1.	जलपरी (ジャルパリー)
2.	殿様の茶碗 तोनोसामा नो चावान)	2.	कटोरी (カトリー)
3.	二人の兄弟 (फुतारी नो क्योदाइ)	3.	दो भाई (ドバイー)
4.	笛 (फुए)	4.	बाँसुरी (バンスリー)

जंगली गुलाब

मियाज़ावा केन्जी , आवा नावाको , ओगावा मिमेइ

ジャンギリーグラブ

小川未明, 宮沢賢治, 安房直子

1.	野ばら (नोबारा)	1.	जंगली गुलाब (ジャンギリーグラブ)
2.	白い門のある家 (शिरोइ मोन नो आरु इए)	2.	सफेद फाटक का एक घर (サフェーデュファタクカエクガール)
3.	月夜と眼鏡 (त्सुकियो तो मेगाने)	3.	चांदनी रात और चश्मा (チャンドニラートオウルチャシマ)
4.	眠い町 (नेमुइ माची)	4.	उनींदा शहर (ウニンダシェヘル)
5.	注文の多い料理店 (चूमोन नो ओइ रयोरितेन)	5.	अनन्त फ़रमाइशों का भोजनालय (アナントファルマイ

ショカボジナラヤ)

6.	どんぐりと山猫 (दोनगुरि तो यामानेको)	6.	वन बिलाव (バンビラウ) लोमड़ी की खिड़की (ロムリーキキルキー)
7.	狐の窓 (खित्सुने नो मादो)		

नाक बनी मुसीबत

शिगा नाओया, आकुतागावा रयूनोसुके,
आरिशिमा ताकेओ, मात्सुतानी मियोको

ナクバニムシーバト

志賀直哉,
芥川龍之介, 有島武郎, 松谷みよこ

1.	小僧の神様 (कोज़ो नो कामीसामा)	1.	नन्हे का भगवान (ナンヘカバグワン)
2.	城の崎にて (किनोसाकी निते)	2.	किनोसाकी से (キノサキーセ)
3.	鼻 (हाना)	3.	नाक बनी मुसीबत (ナクバニムシーバト)
4.	一房の葡萄 (हितोफुसा नो बुदो)	4.	अंगूर का एक गुच्छा (アングールカエクグッチャ)
5.	黒猫四代 (कुरोनेको योन्दाइ)	5.	एक और काली बिल्ली (エクオウルカリービッリー)

मृतात्मा का गीत

आबे कोबो, साता इनेको, हायाशी फुमिको

ミリッタトマカギート

安部公房, 佐多稲子, 林富美子

1.	キャラメル工場から (क्यारामेरु कोजो कारा)	1.	कैरैमल कारखाने से (ケレマルカールカーネセー)

2.	死んだ娘が歌った (शिन्दा मुसुमे गा उतात्ता)	2. मृतात्मा का गीत (ミリッタトマカギート)
3.	ふうきんと魚の町 (फूकिन तो उओ नो माची)	3. अकार्डियन (アコルディヤン)

हथेली-भर कहानियां

कावाबाता यासुनारी *

ハテリーバールカハニヤン

川端康成

1.	秋の雨 (आकी नो आमे)	1. पतझड़ की बारिश (パトジャルキバリシュ)
2.	さざん花 (साज़ान्का)	2. पुनर्जन्म (プナルジャンム)
3.	有難う (आरीगातो)	3. धन्यवाद (ダニヤバード)
4.	日向 (हिनाता)	4. धूप (ドゥープ)
5.	不死 (फुशी)	5. अमर (アマル)
6.	母の眼 (हाहा नो मे)	6. दृष्टि (ディリシティー)
7.	玉台 (तामादाइ)	7. बिलियर्ड्स (ビリヤード)
8.	雀の媒酌 (सुज़ुमे नो बाइशाकू)	8. बिचौलिया (ビチョリヤ)
9.	夏の靴 (नात्सु नो कुत्सु)	9. जूते (ジューテ)
10	歴史 (रेकिशि)	10. इतिहास (イティハス)
11.	胡子盗人	11. चोर

(गुमी नुसुवितो)	(チョール)
12. 夜天の微笑	12. मुसकान
(यातेन नो बिशो)	(ムスカン)
13. 雨傘	13. छाता
(आमागासा)	(チャター)
14. 顔	14. चेहरा
(काओ)	(チェヘラ)
15. 喧嘩	15. झगड़े
(केन्का)	(ジャグレ)

* संकलन व सम्पादन: डा॰ उनीता सच्चिदानन्द

जापानी साहित्य दर्शन : मेइजी से शोवा तक
日本文学の旅: 明治から昭和まで

राशोमोन एवं अन्य कहानियाँ : आकुतागावा रयूनोसुके
ラショモンエワムアンヤカハニヤン
芥川龍之介

1. 羅生門	1. राशोमोन
(राशोमोन)	(ラショモン)
2. 蜜柑	2. संतरे
(मिकान)	(サンタレ)
3. 蜘蛛の糸	3. मकड़ी के जाल का एक तार
(कुमो नो इतो)	(マカリケジャルカエクタール)
4. 杜子春	4. तोशिशुन
(तोशिशुन)	(トシシュン)
5. 白	5. शिरो
(शिरो)	(シロ)

सानशोदायु : मोरी ओगाई

サンショウダユ: 森 鷗外

1.	山 सानशोदायु	1.	सानशोदायु (サンショウダユ)
2.	高瀬舟 (ताकासेबुने)	2.	अंधेरे में एक नाव चलती थी (アンデレメエクナウチャルティーティー)
3.	最後の一句 (साइगो नो इक्कु)	3.	आखिरी पंक्ति (アキリパンクティ)

बिन कान का होइची

कोइज़ुमी याकुमो

ビンカンカホイチ

小泉八雲

1.	耳なし芳一のはなし (मिमिनाशि होइची नो हानाशी)	1.	बिन कान का होइची (ビンカンカホイチ)
2.	雪おんな (युकि ओन्ना)	2.	बर्फ़ सुन्दरी (バルフスンダリー)
3.	ものを言うふとん (मोनो ओ इउ फुतोन)	3.	बच्चों की रज़ाई (バッチョンーキラシャーイ)
4.	宝石の涙 (होसेकी नो नामिदा)	4.	आंसू बने मोती (アンスーバネモティー)
5.	みずな (मिज़ुना)	5.	कुनीज़ाका की ढलान (クニザカキダラン)
6.	かたい約束 (काताइ याकुसोकु)	6.	सोएमोन भूला नहीं (ソエモンブーラナヒン)